POEZII

IARNA LA NOI

Iarnă, iarnă te iubim

Iarnă, iarnă te iubim,
Vino, vrem să îți vorbim,
E decembrie și încă
Fața ta e nevăzută.

Am exagerat puțin,
E noiembrie, dar știm
Că doar peste două zile
An de an, decembrie vine.

Săniuțele-s parcate,
Schiurile curățate,
Iar patinele așteaptă,
Nu-și iau ochii de la poartă.

Săniuța e convinsă,
Că vei intra toată ninsă,
Cu obrazul diafan,
Ca în fiecare an.

Misterul Gerului Tiptil

Lacul a 'nghețat azi-noapte,
Nimeni nu pricepe cum.
Poate trestia sau poate
Stuf, de dincolo de drum.

A adus congelatorul
Când peștii dormeau adânc,
Iar acum spune că gerul,
Să îl credem pe cuvânt.

Crezi că nu știm cine ești,
Că te ții numai de glume,
Și ne spui mereu povești.
Stuf bătrân, cu dor de lume.

Ai văzut vreodată Gerul
Ce-l **supranumești Tiptil?**
Vrei să adâncești misterul
Și dai vina pe-un vecin.

Numai vezi tu, că noi știm,
Că -n ograda aia mică,
Vin Roxana și Florin
Să o vadă pe bunică!

Un nepot să-l cheme Ger,
L-am fi reținut desigur,
I-am văzut alaltăieri
E ceva mai mult ca sigur.

Toți din lac și de pe mal
Sunt convinși că Stuf a fost.
Cum de el, după un an,
A rămas încă la post?

Nu e verde cum era,
Dar e încă în picioare,
Trestia maro și ea
Il admiră ca pe soare.

Ger, în caz că exista,
Imposibil să nu-l vadă,
Și, dacă se furișa,
L-au pândit o vară-ntreagă.

Țurturii și Soarele

Țurturii gingași de gheață,
Văzând soarele prin nori,
S-au vorbit de dimineață
Să-l trimită și la poli.

Spune că e iubitor,
Cu o dragoste firească,
Dar nu neagă..., uneori,
Poate să te și topească.

Nu dorim iubirea ta,
Posesivă, sufocantă,
Aici nimeni nu te vrea,
Vrei, nu vrei, mergi în vacanță.

Suntem cei mai fericiți
Când iubirea este rece.
Răsfățați și mult iubiți,
Nici nu știm iarna când trece.

Hei, ce zici, facem un târg?
Împărțim planeta-n două:
Tu la nord, Gerul la sud,
Sudul ne rămâne nouă!

Săniuța Geloasă

Săniuța e geloasă,
Insistă s-o las acasă.
Mă evită, nu mă vrea:
-Nu mai sunt prietena ta.

Sunt geloasă pe patine,
Tu nu mai ai ochi de mine.
De când le-ai primit cadou,
Te comporți ca un erou.

Te învârți, faci piruete,
Le-ai depășit pe egrete,
Cu acest salt delicat,
Perfect la aterizat.

Acționez înțelept,
N-am de gând să mai aștept.
Nu accept acest statut,
De ce să nu vreau mai mult?

Tolerată? Nu accept!
Voi începe alt proiect.
Cât de indulgent să fii?
Am o droaie de copii!

Mă voi îndrepta spre ei:
Lia, George sau Matei.
Sunt ei mici, dar nu le pasă,
Frigul nu îi ține-n casă.

-Stai! De mă întrebi pe mine,
Îți răspund: clar, nu e bine.
Nasul le curge de zor,
Nu va fi cu ei ușor.

Lasă-mă să-ți dau un sfat:
Nu-i usor de împăcat
Lia când pierde suzeta.
E la fel ca și cu Greta.

SĂNIUȚĂ

Am pierdut o zi întreagă
Căutând-o prin zăpadă.
În sfârșit găsim suzeta,
Însă dispăruse Greta.

Înțelegi tu ce te paște
Cu astfel de alianțe?
Eu sunt mare, mă descurc,
Am în plan să urc în nuc.

Dar cu ele ce te faci?
Plâng întruna după frați.
Doar eu știu să le ignor:
Nu fac parte din decor.

Nu o spun cu aroganță,
Dar cine te mai înalță
Peste dealuri și nămeți,
Arătându-le dispreț?

-Bine, Emi, dăm la pace,
Negreșit, așa vom face.
Le luăm și pe patine,
Dar întâi te joci cu mine!

Pe Derdeluș cu Labus

Eu, Mirela și Lăbuș,
Am plecat spre derdeluș.
Lăbuș e avantajat,
Patru labe de urcat.

-Nu mai râde, mai Lăbuș,
Nu vezi ce alunecuș?
Am căzut, dar mă ridic,
Poți aprecia un pic?

-Ștefănel, nu te- ofensa,
Am și eu dreptatea mea.
Nu te mai ține bărbat,
Tu nu vezi că-i înghețat?

Ce e rău un băiețel,
Instruit de un cățel?
Si nu este rușinos,
Nici să te ridici de jos.

Dar eviți atâtea trânte
Și-un cucui mare în frunte.
Vânătăi nenumărate
Pe picioare și în coate.

-Important e cum privești,
Te amuzi, te umilești...
Labuș este pus pe fapte,
Să urcăm în patru labe.

Oricum de privești în zare,
Nu e nimeni pe picioare.
Nu putem cuceri dealul
Vom cădea ca bolovanul.

Motănelul Fulgușor

Motănelul alb și mic
Prin zăpadă s-a pornit.
A întins ușor lăbuța,
Cum vedea la Măriuța.

Gustă, crede că-i lăptic,
Parcă ar mai vrea un pic,
Dar lăpticul-i tare rece,
N-are gust și-ar vrea să plece.

Da-o încolo de ispită,
Dacă face laringită?
Imposibil, nu se poate,
Crede în imunitate.

Măriuța e la geam,
Face semne spre motan:
– Fulgușor, e o greșeală,
Eu măcar nu merg la școală.

Nu ai nici un avantaj,
Ți-o repet fără menaj.
Cum la școală nu te duci,
N-ai de ce să te încurci.

Și- atunci să vezi supărare,
Când vei face febră mare,
Dimineața pe la cinci:
Patruzeci grade cu cinci.

Îți vor pune șosetele
Cu oțet, ca ale mele,
Cu miros înțepător.
Crede-mă, nu e ușor.

Când te vor împacheta,
Crezi că sare cineva,
Să te scoată din bucluc?
Să nu crezi,e doar un truc.

Fulgușor, nu pune botul.
Dacă nu ai antidotul
La strănut și febră mare,
Te alegi cu ’mpachetare.

Mă privești, nu pari convins,
Că n-am interes ascuns.
Recunosc, m-am plictisit,
Dar te vreau și ocrotit.

Vreau să alergăm prin casă,
Să ne ascundem sub masă,
Să învăț să fiu pisică,
Să fac salturi fără frică.

Tare-ți place să te caini,
Insistând pe mici detalii.
Nu mă mai bag în dulap,
Să mă cauți disperat.

Nu mai am ce să-ți promit,
Motănelul meu iubit.
De nu vii, încep să plâng,
Și la febră iar ajung.

În sfârșit, ai renunțat,
Te-ai lăsat înduplecat.
Fulgușor, nu mai pleca
Niciodată-n viața ta.

Competiția Veselă

Azi e mare sărbătoare,
Au ieșit la defilare
Schiuri, sănii și patine,
Ce se cred regi și regine.

– Ha, ha! – râse patina,
Numai eu pot fi regina!
Numai eu fac salturi mii,
Încântându-i pe copii.

N-o mai faceți pe grozavul,
Să vedem cine-i viteazul,
Ce ignoră gravitația,
Fără să își piardă grația!

Schiurile, ofensate,
Nu mai sunt entuziaste
Să împartă între ele
Pantele atât grele.

Competiția e grea,
Și niciuna nu ar vrea
Să se spună c-au trișat
Sau că votul s-a dublat.

O urmează pe patină,
Să nu le găsească vină,
Și doar una ia cuvântul:
– Cine mai înfruntă vântul?

Numai eu despic văzduhul,
Mă rotesc, sfidez pământul!
Și aterizez ușor,
Grațios, ca un cocor.

Săniuța nu mai știe
Argumente să mai fie
Să o pună în lumină
Pentru locul de regină.

– Voi lua și eu cuvântul,
Pot să spun că zbor ca gândul,
Dar întreb numai atât:
Cine fuge mai tăcut?

Și mai am o întrebare,
Să o pun la fiecare:
– Am și eu tot două șine,
Dar cum să renunț la mine?

Nu mai renunțați la voi,
Dacă nu veți fi în doi,
Nu puteți fi ce pretindeți,
Firescul nu-l mai respingeți.

O patină, ce să facă
Fără partener de joacă?
Și la fel vă spun și vouă:
Împărțiți gloria-n două!

Schiurile au roșit,
S-au și înmuiat un pic.
Și în cor tare-au strigat:
„Împreună-i de visat!”

Regina Grația

Satul e în sărbătoare,
Se aude larmă mare,
A căzut primul omăt,
Bucuria-i peste tot.

Fulgii au țesut azi-noapte
Rochia cu diamante,
Cu ștrasuri și cu paiete,
Albă și fără defecte

Pentru-a lor regină pură,
Care calcă cu măsură,
Cu rochie fără pată:
Iarna cea imaculată.

Cu steluțe mii și mii,
Să-i încânte pe copii,
Și coroană de mărgean
Cum o face an de an,

Iarnă, știm că ne iubești,
Privesti fără să clipești,
Jocul nostru inocent
Nu ne pierzi nici un moment.

Fii atentă să nu cazi,
E alunecuș sub brazi.
Știi, în martie te-ai dus,
Înainte de apus.

Ai văzut o mică pată
Pe dantela ta de gheață
Și-ai fugit în graba mare,
Te-am zărit abia în zare.

Te știm bine cine ești,
Chiar și dacă ne iubești,
E mult mai presus de noi
Rochia fără noroi.

Știm că nu-ți strici reputația
De regina Grația,
Cu rochia ta de bal
Și cu ochii de smarald.

Dragoste de Zăpadă

Omul nostru de Zăpadă,
Răsfățatul mult iubit,
A privit înspre ogradă
Și a rămas năucit.

Jură că azi-dimineață
A scrutat toată grădina,
Până dincolo de ceață.
Cine-i face-acum cu mâna?

-Nu există, am vedenii,
Omul cu numărul doi!
Mă aplec să fac mătănii,
Nu e loc pentru-amândoi.

Ieri târziu, pe înserat,
Era larmă în grădină,
Dar eram deja în pat,
Îmbătat de-o boare fină.

Năucit, cum am mai spus,
Își freacă ochii cu mâna,
Ca și cum n-ar fi de-ajuns,
Nu e unul, este una.

Se ițește peste gard
O crăiasă din poveste,
Chip gingaș și diafan,
Care dulce îi zâmbește.

-Eu sunt Fata de Zăpadă,
Nu mă mai privi uimit,
Nu găsești că sunt grozavă?
Pentru tine am venit.

-Eu de Fata de Zăpadă
Sincer nu am auzit.
Deși sper de-o viață-ntreagă,
Nu credeam să fi venit.

-Să nu faci cumva o dramă,
Dacă vezi că-n mod ciudat
Nu te vor băga în seamă
Azi copii mici din sat.

-Imposibil, cum să crezi
Că vreodată-n astă lume
Pot să te invidiez,
Tu ești darul meu,minune.

Știi că te visez de-o viață,
N-are logică ce spui.
Să dăm cărțile pe față:
Ești iubirea mea dintâi!

Ți-o declar în mod deschis,
Acum că m-ai provocat.
Nu ți-aș fi mărturisit
Dar am planuri de-nsurat.

Copleșit de-a sa iubire,
Fata se topea încet.
-Draga mea, vino-ți în fire,
Nu am fost prea înțelept.

Nici prea sincer nu am fost,
Era doar așa, un joc.
Nu m-ascund, că n-are rost:
Tu, în inimă, n-ai loc.

Chiar nu ești pe gustul meu,
Am făcut cu tine nadă.
Am exagerat și eu,
Și-apoi... ești și de zăpadă."

Fata se cutremură,
Îi era palidă fața.
De la vorbe îngheță,
Deveni rece ca gheața.

-Iți dau un avertisment:
Nu cumva să îndrăznești
Fie și pentru-un moment,
Înspre mine să privești!

Omul Zefir jindui
După Fata de Zăpadă,
Dar știa că s-ar topi
Fata lui ce-i era dragă.

Și încet, încet slăbi,
Se topi el după ea.
Primăvara când sosi,
El deja nu mai era.

Metamorfoza imașului

Două vrăbii zgribulite
Stau pe gardul de la vie,
-Curios ,unde sa fie
Ulicioara mea iubită?

-Jur că ieri, când am plecat,
Cam pe la lăsarea serii,
Cum fac și în timpul verii,
Mai întâi am salutat.

-Nici imașul nu mai este
Tolănit în fața viei.
O întindere pustie
I-a luat locul fără veste.

Se înalță cu doi coți,
Cu o pătură-n spinare,
Face semn la fiecare
Ignorând al lor dispreț.

-Vrem să știm unde l-ai dus
Pe al nostru drag imaș,
Cine a mai fost părtaș
Nimeni nu ti s-a opus?

-Îl imiți destul de bine,
Ești actor desăvârșit,
Dar suntem greu de mințit,
Nimeni nu te va susține.

-Ulița e troienită,
Imposibil s-o vedeți,
Sub mormane de nămeți,
Cum se-ascunde ghemuită.

Sunt**, imașul, vă salut,**
Nu e niciun impostor,
Este doar un alt decor,
Plin de farmec și plăcut.

Balul Iernii

Iarna a trecut ca vântul
Peste dealuri și câmpii,
Primenind întreg pământul
Cu steluțe argintii.

L-a pus dirijor pe Omul
De zăpadă, care știe,
Se pricepe să dea tonul,
Cântând odă bucuriei.

Ceața, cu al ei mister,
Vrea s-ascundă fantezia
De la râu până la cer,
Ignorându-i simfonia.

– Imposibil să ascunzi
Toată-această frumusețe!
De la mare până-n munți
Sunt crăiasa din poveste.

Hai,vino în basmul meu,
Nu-ți mai adânci misterul.
Ai și tu farmecul tău,
Subțiază puțin vălul.

Valurile dantelate,
De se-ascund dup-al tău voal,
Vor fi și mai minunate
La vestitul iernii bal.

Înalță-te doar o palmă
Peste câmp și vom crea
O imagine pe care
Nimeni nu o va uita.

– Dacă tot vrei să mă iei
În povestea ta frumoasă,
Pot să dau și eu idei
Să devii cea mai aleasă.

– Să devin cea mai aleasă?
Nu pot deveni ce sunt!
Câți copii mai vezi în casă,
Chiar când vine gerul crunt?

Nu auzi ce veselie?
Se înalță- atât de clar
Strigăte de bucurie.
E magie-n calendar!

Dialog sub Zăpadă

Neaua moale și pufoasă
Peste câmp s-a așternut,
Ca o cuvertură groasă,
Ce pământul a-nvelit.

Stau semințele de grâu
Sub zăpadă adormite,
Nu e nimeni, e pustiu,
Numai triluri amorțite.

– Ce cald e aici și bine,
Nu mai vreau să mă deștept,
Până iarna care vine,
Pentru mine-ar fi perfect
.
Voi ce ziceți, am dreptate?
Suntem în același gând?
Vom negocia cu Martie
Să nu vină prea curând?

Este cea care veghează,
Dacă ea nu va veni,
Lunilor care urmează
Imposibil le va fi.

– Haideți să privim în urmă,
Să vedem ce învățăm,
Lăsați spiritul de turmă
Dacă vreți să progresăm.

Cartea noastră de istorie
Scrie clar, negru pe alb:
Martie vine în glorie,
Primăvara, an de an.

– Tot istoria relatează
Când Februarie-a propus,
A dat cărțile pe față,
Refuzând un compromis.

Câte-n lună și în stele
I-a promis că îi va da,
Să îi facă o plăcere,
Șapte zile să mai stea.

– Dar dacă vom apela
La fetițe și băieți?
Nu se știe, poate-ar vrea,
La cât sunt de insistenți.

O furnică ce făcea
Inventarul la provizii,
Curioasă asculta,
Așteptând a lor decizii.

– Înțeleg a voastră stare,
Sunteți mici și e normal
Să doriți cu-nflăcărare
Să dormiți întregul an.

Dar când colțul alb va da,
Căutând avid lumina,
Credeți că veți rezista
Să dormiți așa întruna?

Copii mici nu veți mai fi,
Veți fi fost deja crescuți,
Când Martie va sosi
Vă veți declara adulți.

Te-auzim,...dar ca prin vis,
Suntem îmbătați de somn,
Letargia ne-a cuprins...
Primăvara-i doar un zvon.

Povești din iarna copilăriei

A venit iarna în grabă,
Aruncând fulgii în zbor,
A donat a sa podoabă
Apelor pentru decor.

Băiețeii năzdrăvani
Bat din palme, toți strigând,
-Biruim nămeții mari,
Buncărul inaugurând.

Ceața a plecat haihui,
Când copiii, intr-un glas,
Cântau fericiți, că nu-i,
Ceața n-a făcut popas.

De pe deal coboară sănii,
Dealul astfel netezind,
Deși unii fac mătănii,
De îndată sar strigând:

-Ești o iarnă preafrumoasă,
Ești iubită de copii.
Elegantă, grațioasă,
Ești în visul orișicui.

Fetițele cu patine,
Fără planuri și scenarii,
Fac ce știu ele mai bine:
Flip cu multe mici detalii.

Gerul suflă-n mâini voios,
Gânditor cum e din fire,
Gradele îl trag în jos,
Gândind doar la nemurire.

Haiduc mârâie la ger:
– Haină tu nu porți de fel,
Hai, termină să visezi,
Habar n-ai să guvernezi!

Katia

-Iar începi cu aspirații,
Iarna, ea este regina,
Invită-ne la creații,
Inspiră pe toată lumea.

Împărat fără veșmânt,
Întronat ca în povești,
Încă speri că pe pământ,
Într-o zi o să domnești.

Jucăușul fulg de nea,
Jovial dansează rock,
Jinduind să fie stea,
Joacă cu și mai mult foc.
.
Katia clipește des,
Kant e marea ei iubire,
Kant e fulgul ei ales,
Katia-i a lui menire.

Lungul șir de sănii trase
La întrecere s-au luat,
Larmă-i, râsete și farse,
La o margine de sat.

Mari și mici copii cad,
Măturând zăpada toată.
Mulți încearcă în zadar
Mătănii să nu mai facă.

Nu vezi unul mai viteaz,
Nimeni nu stă pe picioare,
Neastâmpărați au haz,
Năvălind din deal în vale.

Omul de zăpadă cere
O căciulă călduroasă,
Oala, după cum se vede,
O vor duce iar în casă.

Pe fereastră mama vede
Peste gardul din grădină
Pare oala ei cea verde,
Pierdută de-o săptămână.

Radu, el este ștrengarul,
Râde mama dând din cap,
Recuperând arsenalul,
Relocându-l în dulap.

Soarele se uită galeș,
S-ar juca, dar e timid,
Se teme de- un talmeș-balmeș.
-Sunt deja un pic livid.

Știu că iarna nu mă vrea
Și că gerul mă ignoră,
Și mai știu de-asemenea,
Și că ceața le e soră.

Timpul nu mai vrea să zboare,
Tare-ar vrea să stea în loc,
Toată lumea asta mare
Te atrage-n al ei joc.

Țipete de veselie,
Țurțurii născuți azi-noapte,
Țin să- aducă bucurie,
Țes poveștile în șoapte.

Unde au fugit cu toții?
Ursul doarme, sigur nu-i,
Un copil e pus pe șotii,
Ursu-i doar în capul lui.

Văzând că nu i-a ieșit,
Vine cu o altă farsă,
“Vai de mine, ce-am pățit!
Vulpea mi-a intrat în casă.”

Xenia are un plan,
Xilofonul o încurcă,
Xenia iese la geam,
Xilofonul îl aruncă.

-Ziua, în amiaza mare,
Zilnic să-ți țin companie?
Zău că-i o exagerare,
Zarva e ce-mi place mie.

Epilog

Y șade supărat,
Ă îl bate cu zăpadă,
Â privește intrigat,
Ă l-a ‘mpins ușor să cadă.

www.ingramcontent.com/pod-product-compliance
Lightning Source LLC
LaVergne TN
LVHW080045170826
845677LV00024B/1619
9798230073451